KB176311

엘리트 시선 37

하늘에 그린 집

서옥란 제2시집

엘리트출판사

이 도서의 국립중앙도서관 출판예정도서목록(CIP)은
서지정보유통지원시스템 홈페이지(http://seoji.nl.go.kr)와
국가자료종합목록시스템(http://kolis-net.nl.go.kr)에서 이용하실 수
있습니다. (CIP제어번호 : CIP2020036601)

서옥란 제2시집

하늘에 그린 집

엘리트출판사

시의 향기

인생에서 중요한 물꼬를 터야하는 것은 겁나는 일이다.
늦은 때에 변화를 바라며 시문에 들어 온 것은
행복을 추구하며 만들어 가는 것이란 멋진 문구를 새기며
좀 더 나은 삶을 위해, 할 수 있다.
하면 된다. 라고 용기를 내봤다.

우리의 기도는 물결 되어
파란 파도가 되듯이
그 파도는 깊이 든 감성을 깨워
오늘의 두 번째 책이 된다

숫한 변화의 바람 속에서
나열된 자연을 화두삼아
이런 저런 감상을 안고서
걷고 걷는다

시의 향기는 가슴을 흔들고
비밀스런 향기를 품고 있어

스치듯 지나가 버린 추억을
회상하니 얼마나 아름다운가!

짓누르는 생활 속 천리 길
너와 나의 마음만은 한 뼘 차이
코로나 바이러스로 피폐해진
삶이 잠간 쉬어 감을 염원 해본다.

　사회적 거리 두기는 책과 거리를 좁힌다는 새로운 기대를
갖는 만큼 거기에 힘입어 온갖 상상력을 동원해 잉태되니 살
아있음에 저절로 감사를 올린다.
　서로의 간격을 두며 살아가고 있지만 마음만큼은 항상 같
이 어울리며 울고 웃고 했던 생활을 떠 올렸다.
　수고해 주신 이성교 교수님께 감사드리며, 아울러 도움주신
청계문학 장현경 회장님과 엘리트출판사 마영임 편집장님께
도 감사드린다.
　사랑스런 손주들, 든든한 가족, 특히 모든 생활에 있어 성
심성의 조언 해주고 지켜주는 맏이에게 더욱 고마움을 갖는
다고 전하고 싶다.

2020. 8.
청원 서옥란

함께 해 주셔서 감사 합니다

새 하늘 열린 백년 길 따라
충만한 은혜 안고 축복 속에 너울너울
도포자락 휘날리며 덩실덩실 춤을 추네

아장아장 걷는 걸음 길들여서
더 큰 것을 얻고자 하는 이 마음
서원으로 더 아름답게 힘차게
한 걸음 한 걸음 옮겨 빛을 내본다

벽에 걸린 솜씨 속에는 수행하는 마음 담아
일심으로 꾸준히 노력하여 이루니
반복의 공부는 나의 크나큰 자랑일세

서예, 사군자 정성들여 발휘한 솜씨
이문교당 법당 안이 갤러리가 되어있어
어깨가 으쓱으쓱 어느 미술관 부러우랴

함께 즐기는 마음에 너와 내가 어우러져
한층 환하게 빛이 나네
모두 한 마음으로 도와주신 결실이라
두 손 모아 깊이 감사 합니다.

* 원불교에서 베푸신 첫 시집 『먹을 갈며』 출판기념회를 감사드리며.

그림 서옥란

제1부　헐렁하게 산다

제2부   꽃샘바람

제3부   밤바다의 풍경

제4부　아버지의 말씀

제5부   하늘에 그린 집

제1부

헐렁하게 산다

고깔 쓰고 장구 치며 깨갱깨갱 깽

그림 서옥란

행복한 한때
- 손주 졸업식에서

사랑으로 가득 찬 꽃바구니 철철 넘치고
너와 나는 뜨거운 가슴으로
세상을 향하여 두 손을 불끈 쥐며
온 몸으로 말하고 있다

둥지 찾아 웃는 마음 너울너울 춤추고
제 각각 모양으로 두 날개 하늘 높이 펼치며
훨훨 날아가려 푸드득 거린다

온 몸에 풋내를 띠우고 까까머리 이야기
찰깍찰깍 추억을 남기면서 더 높게 높게 날아다오
부모들의 오직 한 마음
고맙다 예쁘다 하늘만큼이나

싱그러워 더욱 풋풋한 정을 온 세상으로 향하여
눈빛으로 약속한 듯 서로서로 부등켜 안은
희망 속에는 빛나는 내일이 있다.

즐거운 나의 집

가정은 복의 터전 나라의 바탕
한 마음 한 목소리로 행복한 나의 집

고마워요 함께해요 서로서로
안아가며 꿈을 키우는 즐거운 나의 집

미래를 한 아름 안고서 겸양과 솔선을
키우는 자랑스러운 나의 집

힘들어도 이해와 용서로 오래오래 함께하는
안락하고 평화로운 나의 집

이 가정 저 가정 손에손잡고
희망차게 나아가는 아름다운 나의 집이여!

비둘기네 보금자리

비둘기 한 쌍
금슬 좋은 이 부부는
노크도 없이 처마 밑에
사알짝 안락한 가정 꾸렸네

행복의 날개 파닥거리며
젖어있는 목청 좋은 지저귐
누가 들을세라 저 들만의
깨가 솔솔 쏟아지네

먹구름이 몰려올 그들의 미래
한 치 앞도 모르는 나날
행여 깨질세라 부서질세라
행복을 다짐하며 감시를 하는데

철조망으로 굳게 잠겨져
어울려 못 사는 이기적 행태
보금자리 어디로 두리두리 번
인간들 야속타 우짖는 소리 구구구 구구 구.

헐렁하게 산다

맨 땅에
질 퍼덕 주저앉아
푸른 하늘 바라보며
하염없는 말 한마디

어이 그리 변함없이
세상살이 온갖 구경
다 하면서도
꼭 닫은 함묵 속에
할 일만 하는 너는

두 눈을 감은 양
두루두루 비쳐주고 덮어주는
그 헐렁한 착한 솜씨에
목이 메어서
두 눈엔 안개 서리고
나도 함께 헐렁하게 살고 싶다.

그 옛날 설날 풍경

잡귀들은 썩 물러가라 호통 치며
고깔 쓰고 장구 치며 깨갱깨갱 깽
동네방네 다니며 환하게 밝히던 세시풍속

집집마다 큰 상 차려 손님 맞던
섣달 그믐날 정겨운 풍경
꼬맹이들 재미났던 구경거리

까치 까치설날은 설렘으로 보내고
색동옷 갈아입고 차례지내고
어른님 찾아 절(拜)하는 날의 추억

세월 따라 세시풍습 아른아른
세뱃값은 변하여서 누런 신사임당 만
돈이 좋은 것이여 절은 복이고 세뱃돈이다.

사랑의 매질

잔뜩 채워 빵빵하니
무쇠인들 당할 소냐
지니고 온 튼튼한 물건
화가 나서 반기 드네

살려 주소 살려 주세요
두 손 모아 비도 발발
혼쭐 한 번 나 보라
무섭게 흔들흔들

제일로 아프다는
출산의 사촌
등줄기 식은땀은 비 오 듯
맛있는 음식 쳐다보기도 싫다

가엾은 듯 서서히 가셔지며
새 희망 찾은 사랑의 매질
조심조심 살피며 살라한다.

가을에 부쳐온 편지

청실홍실 담은
둥그런 상자 하나
희미한 옛 풍경 찾아와
잠들 수 없는 깊은 밤

다 잊었다 했는데
잊으려고 했는데
또 다시
가슴 깊은 곳을
들여다보게 하는 이야기 하나

어이하여
이 얄궂은 이름표는
내 의지와는 상관없이
꼬리표를 달고 가야만 하나

그저 동공 없는 눈으로
멍하니
허공을 헤매게 하는
사연의 긴 이야기
이 좋은 가을에 날아오는가.

청출어람(靑出於藍)

– 손주들에게 주는 글

하-얀 화선지에 먹물로 써내려간
한 글 한 글자의 숨은 뜻 새겨
바라노니 훈장보다 위에 있어
세상을 보듬어라 두 손 모은 기도

세상은 한 지붕 한 울안
비상의 날개 활짝 펴서 하늘 높이
영롱한 빛 밝히며 여린 새싹들
곱고 올곧게 쑥쑥 자라라

밝은 정신 불어넣어
구김 없는 그릇 되어
따스한 손길 올바른 정신으로
이 세상 이끌어갈 인재 되려므나

내로라 벽에 붙은 내일의 꿈
오늘도 내일도 하루도 빼지 말고
큰마음 밝은 눈으로 온 몸에 새겨서
무언의 스승으로 삼으려무나.

넌 잘 할 수 있어
- 도전하는 손주에게

다시 시작하는 학생들아
현란한 말이 마구 쏟아지는 이때에
마음 깊은 곳에서 우러나는
바르고 아름다운 격려의 말로
응원해 주고 싶다

'넌 잘 할 수 있어 너를 믿는다'
신비한 무한의 힘이 될 용기
말해주고 싶다
한 마디 말이 용기가 되고
성실하게 노력하라
손주야!
노력은 성공의 어머니란다.

손주의 재롱

눈에 넣어도 아프지 않을
엄마 아빠 붕어빵으로
이렁저렁 흘러가 붙들지 못한
훌쩍 지나간 세월
보면 볼수록 이다지도 이쁘다냐

둥그런 달님에 눈 코 입이라
점찍어 놓고 할머니란다
할미 그렸다고 자랑이다
정직한 어린이는 보이는 대로
라는 듬직한 손자의 말

길쭉한 턱에다 얄싸한 얼굴
귀걸이 목걸이 갖은 치장 다해놓고
우리할머니 사랑해요 삐뚤빼뚤
하-트 그린 더 어린 손녀의 재롱
세상사는 즐거움 이 위에 또 있다더냐.

추석 날

휘영청 밝은 달이
창가에 내려와 나눔의 기쁨을
들려주는 한가위 추석 날

웃음꽃 만발한 며늘아기 손끝에서
꾹꾹 담은 맛있는 소리
한 상 가득 정이 넘치네

조상님의 울림은 바람을 타고
한 가위 만 같아라
귓가에 맴도는 무언의 소리

차창 밖엔 손에 닿는 둥근달이
이리저리 졸졸 따라오며
희망가득 웃음가득 심어주네.

독백

축 처진 기분
아무도 없는 방에서 중얼중얼
한 해가 저물어 가는 아쉬움
흔적이 돌돌 머리를 휘감는데
꾸짖는 나를 거울속의 내가 위로해 주네

텅 빈 마음이
팔팔 끓는 정신에 휘둘려서
붕붕 들떠 떠오르는 번뇌
고통과 괴로움의 바다에서
제멋대로 춤추네

단단히 뭉친 습관 한 겹 한 겹
벗겨내면 가슴 파고드는 아픈 상처
새 살 돋아 아물겠지만
미움과 서운함은 절로절로 희미하네

가정이란 무대에서 독백의 배우 되어
산다는 것이 다 그런 건가
홀로 중얼중얼 되뇌어 보네.

그네 타는 소녀

양지바른 어린이 놀이터
울긋불긋 색색의 그네위에
내 몸 얹고 종아리로
한 벌 굴러 두세 번 굴러보니
소녀 때 희망이 절로 솟아나네

갈래머리 앳된 소녀마음
선녀인양 하늘 훨훨 날아지네
들숨 날숨 마시고 내시는 숨 속에
싱그러운 푸르름 철철 넘쳐나네

아침햇살 퍼져 오르는 하늘
이른 아침 놀이터 그네 위에 앉아
그네 타는 소녀의 동심에서
하루의 꿈이 푸르러 지네.

선유도에서

높은 산봉우리 물그림자
거꾸로 서서 자태를 뽐내는데
세상만사 거짓 없이 비추네

멀리 보이는 저 곳에는
천지공사가 만들어 낸 새만금이
바닷물이 그리운 듯 이리저리 흔들리네

그 위에 닦아놓은 뛰뛰빵빵 가는 길
구름도 경쟁하듯 따라오며
초록빛 머금은 할매들 환호소리

신선이 노니는 아름다운 섬
날개옷 펄럭이며 옛이야기 꽃피우니
선유도의 아름다운 추억이어라.

오도산 돌부처

둥근 도포 입은 오도산 돌부처
어느 댁 귀한 도령인가 위풍당당 서있네

하늘 닿은 연미사 상상의 절(寺)
실눈 뜬 돌부처만 넌지시 반겨주네

전설의 영험함은 모두 다 안아 달라
조아리며 구구절절 두 손 모으고

칼날 위 춤추는 이들 앞 다퉈
돌부처 바라보며 애원하네.

돌잔치 웃음 잔치
- 손주 돌잔치에 부쳐

사랑스런 내 강아지
우렁찬 목소리로
세상을 향해 날개 파닥거린
해 바뀐 돌날

똘망똘망 또렷해진 모습
온 가족의 축복 속에
웅얼웅얼 말문 여는 소리
손짓발짓 답례하네

돌상위에 차려진
갖가지 장래희망
연필 잡아라 막대봉 잡아라
사임당 집어라 실타래 집어라

하늘 닿은 부모마음
내 자식 명줄 길어라

복 많이 받 아 라
길고 긴 실타래 겯눈 질

뭐니 뭐니 해도
노-란 사임당이 제일이다
잡아보라고 쥐어 주며
젊은 부모 희망을 약속한다
돌잔치 웃음잔치 쌓이는 행복이다.

빛바랜 사진 한 장

기록을 깬 장맛비 속에
더듬어 보는 추억 하나
일흔 하고도 다섯 고개
돌아온 해방둥이

아버지의 어두운 사진 한 장
무슨 시름을 앞두셨기에
저리도 고개를 숙이셨을까
일제의 징병 소환 이란다

6.25동란과 나라의 혼돈시대
보릿고개를 지나 번영의 길로
유년을 거쳐 노년의 시대로
희 로 애 락 춤을 추네

너가 태어나 고리 풀리니
복덩이 라 불러주마 덩실덩실
동란 중에 경찰 투신
전투 중 몸을 다치신 애달픈 삶
지방 현충원에 누워계시네.

제2부

꽃샘바람

납작 엎드린 채 고개 내민 여린 생명

그림 서옥란

밥상에 온 봄

요리조리 오물조물 한 상(床)가득 싱그러운
냄새 솔솔 풍성하게 차려진 입맛 쩝쩝
눈요기도 사랑스럽게 새봄이 땡겨주네

푸릇푸릇 봄나물 골목마다 시장마다
쏟아져 나온 이름도 성도 모르는데
아침저녁 밥상 삽소롬 향기로 유혹하네

모두 모두 건강하게 맛을 즐기라
예쁘고 싱그럽게 새순 돋아
미감에 젖어 행복하여라.

꽃샘바람

슬슬 봄 냄새 나는 요즈음
겨울과 봄 획을 긋는
꽃샘바람에 옷깃을 여미네

찬바람 속 웅크렸던
나뭇가지가 시절의 섭리 따라
쫑긋쫑긋 연둣빛 망울 만들고

납작 엎드린 채 고개 내민 여린 생명
길섶에서 애기 옷 입고
온 세상에 생기 불어넣네

양지 녘에 비추이는 햇살은
다정다감한 말씨로
소곤소곤 희망을 속삭이네

졸졸졸 흐르는 도랑물 소리
덧없이 불어오는 차가운 바람
마지막 이별이라 고하는가.

봄바람 난 중랑천

바람 난 봄바람이
햇살 껴안고 중랑천에 찾아와
반짝반짝 보석처럼 빛나네

어제 불던 쌀쌀함도
시샘 어린 빗줄기도
저 만치 뒷모습 보이네

따스한 봄바람 삶의 가운데로
쇠백로 청둥오리 중랑천 식구들
텀벙텀벙 끼룩끼룩 즐기네

천변 다듬는 기계소리
바쁘게 움직이는 사람들
상춘객 걸음걸이 맞추어 쿵쿵 딱딱딱

너와나 뒤질세라 팔 흔들며
앞으로 뒤로 전진 또 전진
줄지은 바이킹 행진의 푸르름

저 만치 보이는 산 할아버지
보는 이 마다 서로 반기고
지휘자도 없는 물소리는 졸졸졸
보이지 않는 지휘봉에 맞추듯 잘도 흐르네.

젊음의 4월

꽃피는 4월
희망을 안고 내 곁에 다가와
맑고 밝은 훈훈한 미소로
오늘을 기다린 마음 달래주네

시샘어린 꽃샘추위 잠시라고
바람은 내 귓가에 속삭이며
솔바람 향내 솔솔
아른아른 유혹하네

싱그러운 햇살
연둣빛 아기손이파리
어루만지며 이리저리 키워주니
내일의 무성함이 기다려지네

젊은 4월 하늘아래 세상은
온갖 색깔로 금수강산 수(繡)놓으니
우리 삶 한 가운데 환한 꽃으로 다가왔네.

시집 온 새아씨

화려하게 단장한 꽃색시 시집왔네
요리보고 조리 봐도 방긋방긋 웃어주니
온 집안에 웃음꽃 향기 가득하네

봄 향기 친정에서 온 새아씨
빨 주 노 초 파 남 보 두르고 선
온 몸 가득 피어나며 알콩 달콩

좋다 궂다 말이 없는 맘씨야
오래오래 피어나라 아끼는 말 한마디
다독다독 다독이며 함께 하리라.

아파트 둘레 길 산책

비스듬히 보이는 검푸른 산
때맞춰 들려오는 칙칙폭폭
작은 화분의 푸르른 향기 솔솔
비둘기는 두리번두리번
짝을 찾아 집지을 궁리에 몰두

머리에 띠 두른 어기영차 힘찬 소리
아스라이 들리는 듯 스쳐가고
그날의 풍경이 영상처럼 돌아가는데
말끔히 단장된 세련된 아파트 둘레길

장맛비 그치고 햇살 눈부신 날
유유히 떠가는 하얀 구름 둥둥
아파트 둘레길 산책하는 이웃사촌
반가운 인사 나누는 미소 포근하여라.

중랑천의 새아침

산들산들 부는 바람 가을이 오는 소리
졸졸졸 흐르는 냇가의 물소리
덩달아 반갑게 웃고 있는 뭉게구름
어우러진 황새 청둥오리가족
물살 가르며 자맥질 바쁘네

길섶 위 꽃마을엔 저마다의 자태 뽐내고
바람 실어 온 향기는 콧잔등 간질이네
천변 둑에 피어있는 금계국꽃 송이는
이제 막 잠에서 깨어난 듯 웃으며
가시넝쿨 헤치며 왔노라 자랑이네

연인 조손간 정답게 잡은 손
걷고 걸으며 밝은 내일 약속하네
희망찬 중랑천의 새아침 은빛물결
희망의 윤슬 반짝 반짝 흐르네.

물의 화음

꼬불꼬불 삐뚤삐뚤 흐르는
낮은 곳 향하여를 가르쳐 주는 너
세상의 부드러움의 으뜸이라

무슨 말을 하고파서 소리만 남기고
저리도 바쁘게 가고 있는가
물새들이 사알짝 앉아 보는데
끄떡도 없이 그냥 흐르네

막히면 돌아가고 세상의 온갖 시비
나는 모르는 일…
즐거운 일 괴로운 일 모두 비켜라
호통 치며 어우러지는 너

언제 까지나 언제 까지나
그칠 줄 모르는 인내는
바위를 뚫고 하늘 닿는 용기는
목적지에 다다라서 함박웃음 웃고 있네

가을 비

추적추적 내리는 가을 비
낙엽 쌓인 길 위에 소리 없이 내리네

길가 숲에 핀 국화꽃 송이
사박사박 빗방울 소리에 한들한들

싸늘한 감촉에 붉은 빛
빛바랜 이야기 하나 들려오네

창밖에 부딪치는 아름다운 가락
오만가지 색깔 내어 합창 하듯
어루만져 주네

가을비 속 고인빗물 밟으며
흘러간 옛정이 그리워지네.

꽃보다 단풍

미소 띤 가을 빛에
노오란 은행잎 하나
그 세련미 꽃보다 단풍이네

꽃은 떨어져 나뒹구는데
황금 융단 깔아주는 은행잎
책갈피 속 추억 갈바람에 젖어오네

버리고 비우는 낮춤
변화의 인내심 갈고 닦아
내일을 기약하리니

노련한 느긋함 쌓이는 인생
살다 보니 여유도 생기더라.

가을 연가

가을 맑은 하늘에
수놓은 뭉게구름
황홀한 꽃으로 피어나네

새벽잠 깨우는
귀뚜라미 노래 소리에
고추잠자리 춤을 추네

저 만치 가고 있는
그 열기(熱氣)는 못내 아쉬워
주위를 맴돌다가
고개 숙여 순응하고
내일을 기약하며
서서히 손 흔드네

열매 맺는 희망 속에
가을이 주렁주렁
훈훈한 마음이 절로
달콤한 가을의 속삭임
멀리 가까이서 들려오네.

가뭄 뒤 비오는 소리

우르릉 쾅
하늘 두 쪽으로 가르는 불빛
천지를 뒤엎는 오매불망
하늘 문 열리어 시원한 빗줄기

마음의 문을 열어 맞이하는
혼(魂)을 담은 음악처럼
목마른 대지 위에 내리는 빗소리
잔잔한 평온함 서곡(序曲) 들려오네

뉘들 이 소리 싫다 할건가
자연의 음률(音律)속에서
내리는 풍요로운 생명수
목말랐던 지상만물 춤을 추네

오랜 기다림 속 내리는
생명의 단비
흘러가는 물소리도 정이 넘쳐
뿜어내는 물 내음 향기도 곱네.

첫눈 오는 날

조용히 내리는 하늘 꽃이
허허함 달래줄까 이맘 설레네
하늘하늘 들리는 애틋한 그리움
너를 바라보며 기다려지네

지는 단풍 서글픈 눈망울
미련안고 보고 또 보고
나목은 외로움에 떨고 있는데
예쁜 꽃송이 살짝 안겨주네

노을 빛 색동 옷 입혀주니
하얀 눈 두루 입힌 궁전 속에서
드레스 입은 공주 춤을 추는데
춤추는 눈꽃송이 한바탕 꿈 이었구나.

대답 없는 메아리

공중전화 부스 안 초로의 신사
맥 빠진 얼굴로 눈물 그렁그렁
세상만사 가슴에 안은 듯
안절부절 전화통이 펄펄 끓네

여보 나야 나 사랑해요 당신을
무슨 사연 그리 많아 저토록 서러울까
구구절절 애달픔에 애간장 녹는 듯

만년 서생 뒷바라지
지친 나의 반쪽 그리움은 더욱 솟구쳐
방방곡곡 헤매니 안쓰러워라

불러도 소리 없는 메아리 허공에 띄우며
행여 목소리라도 들을까
아쉬움 속에 오늘도 내일도 헤매고 있네.

눈이 내리네

사푼 사푼 하늘에서 내리는
하얀 꽃잎 재촉하는 걸음위에
사뿐히 내려와 인사를 하네

산하를 뒤덮은 하얀 눈 위에
흰둥이 누렁이도 뒹구는 모습
눈사람을 만드는 어른 아이

모두가 동심으로 만들어 내는
홀쭉이와 뚱뚱이 눈도 삐뚤 코도 삐뚤
눈 내리는 날 환호소리 울려 퍼지네.

보름달

둥그런 보름달이
창문에 와서 빵끗 웃네
아름다운 이야기 들려주려
계수나무 아래서
방아 찧는 토끼와 손을 맞잡고

추석이라 밝은 달은
어느 뉘의 소원 따라
저리도 맑고 고울까
오순도순 둘러앉아
희망의 꽃 만발하네

세상일 오만가지
환한 얼굴로 안아주니
온 누리에 활짝 피어난
아름다움이어라
나의 수호신이여!

제3부

밤바다의 풍경

바람결에 실려 오는 옛이야기

그림 서옥란

초평호수 둘레길
– 진천에서

물 위에 둥둥 산 그림자
물결 따라 일렁이네 마음 설레네
자연의 조화인가 임의 선물인가
새소리 물소리 함께하면서
비릿한 물 내음 청풍에 스치네

초평호수 둘레길 지상낙원
맑은 정기 물길 따라 흐르고
하늘다리 위에서 내려다보니
천상으로 이어지는 계단인가
종각 안의 피리 부는 선녀
천년의 울림
염원 담아 희망을 노래하네

농다리 돌다리 옛것이 좋아
세상 보란 듯이 우쭐우쭐
크고 작은 돌멩이
제자리에 앉아있어
흐르는 물소리 시원한 화음의 연주

천지 음양 질서에 마음 빼앗긴
문인 문호 영웅들
초평호수 둘레길 혼 불 일었겠네.

밤바다의 풍경
— 며느리와 경포대 앞바다에서

밤바다 멀리서 밀려오는 파도소리
아름답게 들려오는 속삭임인가
사박사박 모래사장 네 박자소리
무언의 미소 지은 두 얼굴 아름다워

파도소리 음률 따라
바람결에 실려 오는 옛이야기
소리 없는 이심전심 고부간 마음
맞잡은 손 흔들흔들 그네 뛰네

고운 연(緣) 소중함 영원히
엉키지 말자 무언의 약속
밤하늘 성긴 별이 억겁의 인연이라
찬양하며 빙그레 웃고 있네.

소양강 물결 따라

한 아름 듬뿍 나들이 길 즐거운 꿈
가득 품은 선남선녀 추억 따라 걷는 길

단풍 물든 듯 아닌 듯 마음은 조화를 이루고
파란 물은 찰랑찰랑 유혹하듯 속삭인다

국화 향 그윽한 소양강 둑길에선
누구라 할 것 없이 셔터 누르기에 바쁘다

둥그렇게 모여 앉은 인정 꽃에 취한
글쟁이들 시낭송 울림소리 흥겹도다

물위를 걷는 나비되어 희희낙락
아름다운 세상 마음마저 물위를 난다.

메밀꽃 필 때
– 이효석 문학관에서

해맑은 봉평 낭만의 속삭임
하얗게 뿌려진 소금밭
맑은 소리 투박한 언어
신비스런 배경으로 흐르네

하늘아래 온통 메밀꽃 밭
추억의 날개로 펼쳐지는
달빛 소금밭 비추고
긴 역사이야기로 이어진 곳

장돌뱅이 허 생원 만나야만 될
인연의 고리 엮어서 들려오는
끝나지 않는 메밀꽃밭의 비밀
연년세세 이어오네

화려하지 않은 향기 속에서
눈부신 세련미로 하얗게
속삭이는 여운 애틋한 정서 속에
전설되어 영원히 울려 퍼지네.

하얀 동백
– 대마도에서

기다리다가 기다리다 지친 아가씨가
그 얼굴까지 붉어 애처롭다
달래줄 그임은 소식도 없는데

오늘도 길가에 서있어 오가는 사람들
눈 번쩍 빛나는 즐거움을 드릴까
행여 언제 오시려는지 눈물이 앞을 가려 짓무른 너

꽃가루 향내는 날아다니는 친구에게
삼단 같은 머리카락은 간 밤 내린 고운 비로
더욱 잘잘 흐르고 그 고운 자태는 빛이 난다

이국의 친구 그 마음을 알아주려는가
귀한 품위와 고고함 품어서
다독이며 어루만져준다

전등사(傳燈寺) 부처님
- 부처님 오신 날

이 땅위 최고(最古)의 전등사 부처님
많은 것을 보아 무엇 하리
오늘도 지그시 감은 눈
천 년 넘어 한 곳에 앉아계시네

묵묵히 들려주는 그 가르침
오래오래 큰 빛으로
선남선녀의 거룩한 스승님
불빛 밝혀 밝은 길 인도하시네

가슴 가득 쌓인 소망
빌고 비는 애끓는 심중
염려마라 하시는 말씀
아련히 들려오네

연꽃송이
하늘아래 주렁주렁
탑 둘레 돌며 두 손 모은 걸음걸음
하늘 닿은 큰 풍경일세.

복덩이

경사스런 일 모두 다 내 집으로
어절씨구 애기 있는 집에 복이 와요

새로운 복주머니 응애응애 울림소리
집집마다 경사났네 경사났어
재잘재잘 옹알옹알 까르륵 웃음소리

들어본지 오래오래 나라님 신음소리
남산만한 복주머니 오매불망 그리워서
오천만의 한 목소리 그 아우성

복주머니 다 어디로 날아가 버리고
옛날이 그리워 그립다 하는 말 말 말
메아리만 귓가에 맴도네 맴돌아.

오대산 월정사
- 전나무 숲길을 걸으며

파란 하늘 우뚝 솟은 전나무
어우러진 나무들의 고향이네
불어오는 솔향기에
상쾌함은 덤으로 일어나고

속이 텅 빈 할아버지 나무
거센 바람에 쓰러지고
후손나무는 하늘 향해
의기양양 뻗어가네

갖은 소원 빈틈없이 펄럭이는
팔각 9층 석탑 앞에
공손히 꿇어 앉아 미소 짓는
보살상 천상의 얼굴이라

심연(深淵)에 울려 퍼지는
오대산 월정사 그 정기 더욱 맑네.

강화도 이야기
― 광성보(廣城堡)에서

사방팔방 반짝이는
바닷물에 둘러 싸여서
더욱 빛나는 아름다운 곳

그날에 이곳을 지켜낸
영령들의 빛나는 순국함성이
곳곳에 어려 슬프게 들리네

먼 옛날 신미양요 미 군대와
맨 주먹으로 총칼에 맞서 싸운 사투
용감했던 선조들 죽어서도
함께 묻힌 신미 순의 총(塚)

여기저기 눈에 띄는 푸른 소나무
굽힘없이 하늘높이 웅장히 서있어
반듯한 이 고장의 성품을 빛내주네

나라 지킨 애국심
적군대장도 진심으로 극찬 했다니
그 당당함은 민족의 큰 기상이었네.

종소리

묻힌 꿈 그리워 울려 퍼지는
적막함 흐르는 고요 속에서
심장을 타고 흐르는 우아한 종소리

번뇌를 벗고 마음의 창을 열어
허공을 향하여 뎅 뎅 데엥
못 다한 세상이야기 보듬어주는 신통력

어이 그리 생겨났기에
아픈 마음 달래주는 솜씨가 뛰어나는가

은은히 들리는 북소리 염불 소리
넓고 넓은 사바세계에 울려 퍼지는
하늘이 내려준 커다란 복음소리.

신륵사 부처님

유유히 흐르는 남한강 기슭
고고하게 우뚝 솟은 신륵사
아늑하고 고요하다
부처님도 대왕님도 웃으시네

영원히 꺼지지 않는 횃불
중생의 마음을 헤아리는
부처님의 맑고 밝은 지혜
모든 중생을 포근하게 안아 주시네

일심으로 부르오며
이런저런 모든 일 엎드려 퍼 올리니
깊은 곳에서 울려오는 마음의 소리
찌렁찌렁 법당 안을 감아 도네

상서로운 기운 감도는 신륵사
오늘도 대왕님 행차하시어
국태민안 위하여 기도드리네.

하나 된 열정
– 평창올림픽 개막식 한반도기를 보며

평창 하늘 아래
한반도기 평화의 합창이
세계만방에 퍼지네

허리 자른 나라
하나로 활활 타오르는 함성
강과산에 울려 퍼지는 감격

한 조상의 핏줄
마주보는 몸짓은 달라도 한 마음 한 뜻
그 옷에 묻혀둔 자유의 소리 들리네

꿈을 쫓는 무대
청춘 남녀 빙판위의 별이 되는
염원을 안고 불길 치솟는 기량

창공에 펄럭이는 오륜기 아래
목에 건 메달은 피땀 흘린 영광의 선물
어서 오소서 하나 되는 염원의 그날.

솔향기 은빛 바다

멀리멀리 찾아가는 은빛 바다
한 아름 향수품은 단발머리의 속삭임

향수품은 하하 호호 어언 여섯 번의 강산
아득한 곳에서 그 시절 그 마음

넉넉함 흠뻑 안겨주는 옥빛 색깔 속삭임
둥둥 떠가는 작은 돛단 배
우리들의 잔치에 초대장 보내라 손짓하네

가지가지 배부른 보따리 요리조리 식후경이라
그리운 그 시절 한 아름 가득 품고선
누가 누가 더 잘하나

단발머리 까까머리 푸르렀던 꿈으로 가득하여
멀리서 불어오는 산들 바람
하고 싶은 말 한마디 띄워 보내네.

경포호수를 돌며

경포호수 푸른 물에
거꾸로 그려내는 자화상
만물 담은 하늘거리는 명경지수
우리네 세상살이 담은 이야기

날개 펴 저어대는 물새 떼
짝을 찾아 황홀한 군무(群舞)
산책객의 눈빛 행복이 가득

코로나19도 비껴간 청정지역
옛 시인의 시비(詩碑) 앞에
오가는 이의 발길 절로 멈추네

스치는 솔바람 하늬바람
상쾌한 호숫가 둘레길
세상사 근심걱정
맑은 물에 멀리 띄워 보내고
손주들 재잘재잘 희희낙락
모처럼의 가족나들이
매끄러운 윤활유로 흐르네.

새벽 둥근 달

눈을 뜨면
창밖의 둥근 얼굴이 인사하네
보이다 말다 하는 너는 하늘의 요정

구름친구 더불어 환하게 웃으며
넌지시 내려다보는
길몽 꾼 날의 임이 되어 반갑게 맞아주네

이슬방울 머금은 적막 속
행여 들킬세라
아름다운 비빌 하나 귓속말로 소곤소곤

밝은 내일 향하여
응원해 주는 그는
기약을 남기고 사라지는 임이여.

이사 온 새 동네

인생 3막 꿈 싣고 이사 온 새 동네
역세권 새로 지은 아파트 마을
시시분분 치-익 폭폭폭 기적소리

앞산 뒷산 녹음 물결 신선한 공기
지지배배 새들의 지저귐 맑은 소리
쿵쿵 딱딱 높이 짓는 박자에 맞춰
살아가는 온갖 냄새 바람에 날아오네

어화 둥둥 어절시구 나는 행복해라
오만가지 웃음 속에 어깨춤이 들썩들썩
비둘기도 찾아와 반갑다며 구구구 구.

제4부

아버지의 말씀

새겨진 그 말씀이 교훈이 되어

그림 서옥란

다시 만난 그 정속에

세월도 무심하지
강산을 여러 번 넘어
나라에서 지어 준 *궁전 속에서
다시 만난 부부의 인연

하늘 끝 저곳에서
두 손 모아 기다렸을 이날
정녕 오랜만에 만나는
우리 엄마 우리 아버지

얼마나 불러보고 싶었던
두 글자이던가
카네이션 어머니 꽃
달아 줄 가슴 그리며
허공에 띄워 보낸 세월이여

이제는 절로 백발이 되어
세상 가지가지 모양의 색깔과
들려오는 가락에 맞춰
춤을 추는 그 정 너무도 고와라.　　　　*궁전: 대전 현충원

아버지의 말씀

가신 그 때의 나이가 되니
더 그리워지는 우리 아버지
이제와 왜 더욱 뭉클할까

불편하셨던 몸과 마음이
서럽고 원망스러워 가슴을 치며
유월이 오면 더욱 요란해 지셨을

그 시절 악몽이 뒤엉켜서 일그러진 마음
생각만은 날마다 하늘을 날고 싶은데
되는 일은 하나도 없으셨으니

유일한 낙인 하모니카에 설음을 싣고
신문활자에 세상을 바라보며
일어나는 세상만사 가슴에 안고서
가르쳐주신 그 말씀

새겨진 그 말씀이 교훈이 되어
글을 쓰고 있으니 이것이 부모님
은혜의 덕이라…
아버지의 슬픈 마음을 이제야 알게 됩니다.

어머니 가신 날

가신 날은 있는데 오실 날 간 곳 없네 .
허공에 물어봐도 빈 메아리만 돌아오니
허망한 이 일을 어이 할까나

서러워라 어머니의 아련한 추억
카네이션 꽃이 내 마음 알아줄 가나
헤매는 빈 마음 홀로 한 숨 지었네

지니셨던 아름다운 향기는
훈훈한 덕담 속 여기저기 피어나
마주한 지인들 하나같이 침이 마르는데

효도하려니 가신님은 좋다 굳다 대답 없고
더듬을 추억일랑은 꿈속에서 찾아볼까
아른아른 아른거리네

못난 이 몸 어머니에 의해
세상에 나온 날 오늘을 맞이하여
하늘만큼 땅만큼 효도 받으니
더욱 더 그리워지는 나의 어머니.

사랑의 둥지
– 남편의 팔순을 축하하며

눈물도 웃음도 함께하여
일그러진 가시밭길 헤쳐 나간
찬란한 별이 뜬 반짝이는 곳
아름다운 우리가정 사랑의 둥지

이웃 나라 어느 시인의 노래
고희(古稀)를 밀쳐내고
내로라 우뚝 선 아름드리나무엔
주렁주렁 열매 가득 풍성하여라

덧없이 가는 세월도 비껴간
넘치는 충만함은 나의 자랑
인생은 육십부터라나…
그리하여 팔순은 청춘이라고

삶이 아무리 힘들고 구겨져도
경이로운 우리네 인생길
헛헛한 공허함은 멀리 보내 버리고
팔팔한 웃음으로 높이높이 뛰어넘자
세상에 외쳐보네.

서낭당 고갯길

붉은 치마 노랑 저고리 차려입고선
연지곤지 찍은 새 각시 미소 짓네
오고가는 만남에
손을 흔들며 내 고장 지킴이라
은은한 울림

영험한 신통력 내려오는 이야기
도포자락 휘날리며 하늘을 향하여
하늘 신(神) 땅 신 나무 신
물의 신이라고 말없이 서서
세상만사 걸러낸다

오만가지 보듬는 가지가지의 수호신
오랜 전통 너와 나의 원초적인 신앙
기(氣)를 듬뿍 불어넣어
오래오래 아끼고 지키며 보존 하네.

작은 미소

웃는 마음 작은 미소
하늘만큼 땅 만큼이나 숨어있는 행복이네

높은 산 푸른 하늘 마음향하는 곳 따라
그려지는 하얀 뭉게 그림

길 위에 나뒹구는 오만가지
단풍잎 구르는 소리 저무는 가을 이야기

놀이터 어린이들 왁자지껄 쑥쑥 커가는 소리
해맑은 웃음 고운 음악소리

비둘기 집짓는 소리 밀쳐내도 밀어내도 다시
고운 인사 만 되풀이 하니

무수히 일어나는 이 마음 저 마음에
오늘도 작은 행복 감사하네.

웃어 본다

웃어서 즐길 수 있는
작은 행복을 꾸어서라도
꼭꼭 숨어 있어도 찾아낸다

놀이터의 시끄러운 소리
밀쳐내도 밀어내도
다시 구구구 애교 떨며
되풀이 웃고 있다

끊임없이 일어나는
삶의 여정 무수한 기적이라
숨을 쉬면서 살아있음에 웃는다

세 잎 크로바 행복이라고
네 개의 잎은 행운이 온다고
여기 저기 찾으며 크게 또 웃는다
만들어 웃고 찾아서도 웃어 본다.

깊은 맛

오래 묵어야 맛있다
잘 익어야 더 맛있다

서로서로 마음이 합칠 때
나는 듯 안 나는 듯
사발팔방으로 입맛 돋워진다

끊어질 듯 말 듯한 군내는
어느 덧 믿음으로 이어져
풍요로워 진다

그 맛은 향기로 화하여
온갖 시름 녹여내고
이곳저곳 아린 곳도
다소곳이 아물어 더 맛을 낸다.

정안수 떠 놓고

넓적한 바위 위에
정한수 떠 놓고
머언 곳 그 님을 향하여
자손번성 비나이다
치성으로 온몸 촛불로 사르나이다

아름다운 꽃의 열매 두루두루
평안한 길로 인도 하소서
바른 길 곧게 가면서 성업 이루고
소중한 인연들 좋은 밭 일구도록
도우소서. 불 밝히소서.

마지막 법회

– 법당 이전 하면서

둥그런 화음이 이 동네 저 동네에
환하게 밝혀주신 신성한 이 법당
인연 따라 귀 밝은 너와 나 모여
둥근 노래 몸 안에 듬뿍 담아주던 곳

반세기 정든 이 터 이 마을에
재건축 바람 불어 떠나야 한다니
더 멀리 멀리 열린 커다란 목소리로
사방팔방 우렁차고 새롭게 울리소서

우리 함께 희망에 싸여
삶의 무게 내려놓는 버릴 것 세 가지
마음에 꽉 잡고 못 버린 욕심과 집착

나누면 더욱 빛날 것이라
이리저리 부푼 꿈 한창이네
훗날 끝날 때 이 세 가지 이야기
깊이 마음에 새겨서 훨훨 날아가 보세.

꿈꾸는 날에

가물가물 옛 꿈이
추억으로 남아
텅 빈 가슴을 회오리치네
비 오는 날에

먼먼 날에 꾸었던 꿈은
안개 속으로 사라지고
넋두리 등에 업고 홀로
뚜벅뚜벅 걸었던 긴 세월

아롱다롱 금쪽같은
네 개의 어우러진 가지는
반짝반짝 빛을 발하여
환하게 비쳐주네

철길 위를 달리는 급행열차는
하-얀 연기 내뿜으며
칠백육십 킬로로 달려가는데
따라가는 이 마음 허허롭네.

일상(日常)의 감사

일상다반사 일일 시호일
더운 여름 추운 겨울
꽃피는 봄 낙엽 지는 가을

일용하는 양식 차를 마시며
일상이 그러려니
낙이며 감사라는 것을

마주 앉아 주고받던 수다
코로나19로 집콕살이 반 년
적막강산 따로 없네

돌아와야 할 일상생활
햇살 가득 따뜻함 그리워라
그러니까 늘 감사해야 해.

배봉산을 오르며

마음도 알록달록
곱게 차려입고서
너 아름다워 찾아 왔노라 배봉산아
곱게 물든 산아 아름다운 산아
만인에게 넉넉함을 선물하누나

가는 길 알고 가는 쓸쓸함이냐
걷는 이들 발소리도 가볍게
바스락 바스락
기쁨으로 맞아주는 낙엽소리

한발 한발 오르는 나무 계단
무거운 짐일랑 낙엽 속에 묻어놓고
휘이휘이 박자에 맞춰
새롭게 살아가라
스쳐가는 바람도 속삭여주네

속살같이 부드러운 황토 흙을
맨발로 밟는 가벼운 발길
흙의 정기 듬뿍 받는 발길
몸도 마음도 사뿐히 편안 해지네

낙엽 밟는 소리
이야기꽃 피우는 우리 도반들
돈독한 애정을 나누며
하루의 행복을 누리네.

기도드리며

금쪽같은 하루하루
한 걸음 두 걸은 가까워지는
순리의 길 가야만 되는 길

그만 둬라 달콤한 목소리는
부드럽게 전도(顚倒)되어
매(昧)하여 지는데

아니 된다 안 된다
기도드리며 운전대 놓지 않고
사부작 사부작 가는 이길
안개 길일랑 거두시고 꽃길만 걷게 하소서.

소보(笑寶)룸

다소곳이 미소 짓는
아르다운 그녀의 *소보(笑寶)룸
우뚝 솟아 보물같이 반짝이네

짝 잃은 외로운 기러기
가느다란 세 곁가지를
번듯이 키워냈다네

청운의 꿈 안은
청춘들의 어머니 노릇
알뜰살뜰 보듬어 준 삶이더니

극락 가는 길 뉘에게 물었기에
남다른 수행 밤낮의 기도실
하늘 닿은 정성 감응으로 보답오네

웃는 얼굴 보살의 모습
웃으면 복이 온다
환하게 핀 꽃이 말해주네.

소보 룸: 교도가 운영하는 하숙집 이름

멈추니까 보인다

편리하고 더 가지려고
몸부림치는 인간들의
탐욕스러움이 미세먼지와
오염 천지를 만들었네

이웃나라 굴뚝 멈추니
봄을 물씬 담은 맑은 하늘이
핑크빛 벚꽃과 더불어
깔끔한 조화를 이룬다

잠시 잠깐 멈추는 사이
푸르러지는 나무 신선한 공기
미세먼지 명함도 못 내밀어
더욱 싱그러워지는 봄

덜 만들고 덜 쓰고
저절로 옛 모습 돌아와
파란 하늘 뭉게구름
둥둥 둥 떠가며 웃고 있네.

제5부

하늘에 그린 집

뭉게뭉게 두둥실 춤을 추네

그림 서옥란

팽나무 마을

내 고향마을 아름드리 팽나무
그 자리 그대로 온갖 것 다 보고 들으며
엄마 품 같이 정도 주고 바람도 안겨준다

예배당 옆에서 누가누가 하늘에 닿나
기도소리 찬송소리 영험한 듯 흥얼흥얼
따라 부르는 신통방통

세월 따라 잊힌 팽나무
마음의 고향인
성지의 하늘땅에 가득 가득 넘쳐나네

한 생각 번쩍 숙세의 인연이어라
이리보고 저리보고 보고 또 보아도
낯설지 않는 팽나무여!

하늘에 그린 집

파아란 하늘이 고대광실로 변화한
거꾸로 매달린 세상
여기저기 대감들 걸쭉한 목소리로
에 헴 거기 뉘 없느냐 소리친다

분주히 움직이는 삶의 소리
바깥세상 못 미더워 쿵쿵거리는
아이들 노는 작은 공원 왁짜글
굴뚝에선 뽀-얀 연기구름
뭉게뭉게 두둥실 춤을 추네

하나 두-울 세엣 넷 깊숙한 숨소리
너를 태워 시금치 먹은 뽀빠이 만들어
위협하는 코로나19 네 이놈드을
얼씬거리지도 못하게 할 팅 게

공짜로 하는 운동기구
갖은 몸짓으로 이리저리 부리니
무엇이든 마음먹기 나름이라
마님도 되고 운동도 한다야.

염원(念願)의 꽃

불단 위의 형형색색
천상의 꽃 만발했네
가지가지 소원 담아
꽃은 우담바라 종자

무언의 열기 가득한
봄바람 속에
보이지 않는 염원
알차게 영글어 가네

보이는 것 안 보이는 것
귀히 여기며
두 손 모아 바라는 마음
반짝반짝 빛이 나네

딱 따르르 딱 따르르
열매 익어가는 소리
시방세계 가득하네.

시성(詩聖)의 집
– 미당 서정주선생 104주년에 부쳐

두-웅 둥둥
한반도 남녘 땅
영광엔 대각의 소리
질마재엔 시선(詩仙)의 노래
민족의 시선 탄신 104주년
손에 손잡고 먼동이 텃네

섬섬옥수
무성한 나무사랑
우뚝 솟아 오가는 마음 안아주고
전설의 2층집 내노라 서서
주인님 자랑 웅성웅성
임의 노래 품어 영기 서렸네

늘어진 그늘에 쌓인 추모의 마음
후예들 한 수 한 수 읊으며
임의 옛 이야기 꽃 피우네
시성의 아름다운 회상 속에
흠뻑 젖어 모두 흥겨워 노래하네.

귀넘어 들은 그때 이야기

살아가는 모든 리듬은
잘났어도 못났어도
이 세상 나온 순서대로
되어 가고 있다

나이가 들어가면 말이야
이렇게 해라 저렇게 해라
귀찮게 들려 왔던 울림
오늘에 비로소 따라하네

지내고 나서야 들리는 건
철통같은 커다란 벽 하나
가로막은 아만심(我慢心)이라
다-너 때문이야

꼭 그것이 옳은 것이라고
한 옥타브 높이는
밑에서 들려오는 시끄러운
나팔소리 또한 겪어온 일 아닌가

옹고집으로 우겨대는 나 홀로의
소리는 그때를 생각하게 하고
그래 따라와 봐라 말문이 막혀
속으로 웅얼거리네.

공다방

갖은 풍파 연륜품은 노장들
놀이터 된 공다방
오랜 세월 간직한 넓은
지혜의 숨은 터

본디 같은 인생살이
젊은 날 추억 더듬는 공간
어그렁 더그렁 어우러져
함께 즐기는 마음들

품은 자식 아롱이다롱이
끼리끼리 통하는 짝을 찾아
반쪽은 아득히 먼 곳에

주머니 사정 달랑달랑
달콤한 멜로디는 손 내저어
오라는 곳 이곳뿐이니
할 일 없는 시니어들의 천국인가 봐.

*공다방: 서울 종로에 있는 탑골 공원을 일컬음

그래도 흘러간다
– 촛불 시위 현장을 보며

커다란 목소리
어둠을 밝혀라 아우성
하나 둘 셋 넷…
촛불 여기저기 반짝반짝

무너진 바위는 어서 비켜라
개미들의 질서 행렬
하늘 가득 메운 음파(音波)속에
이심전심 뭉쳐지고

팔팔 끓는 뜨거운 피 앞장서는데
높이 솟은 깃발은 창공에 둥둥
기세 등등 합창소리
거리마다 긴 긴 행렬

희미한 안개 속에 내가 주인이라
달콤한 속삭임은 저 너머에
엄지손가락은 어디 붙어있나
눈이 어두워 보일락 말락
그래도 물결은 흘러가는데.

능력자의 예언

머지않은 미래에
열린 사람이 나와 나의 말을
확인시켜 주리라던 능력자의 예언
그 말씀이 지금에 와서
온 나라를 희망차게 하도다

구구절절 경전(經典) 속 말씀
살만한 나라가 되니
예정이 있었기에 헬조선 이라 부르짖던
젊은이들에게 희망과 감동을 주도다

진즉에 물고기는 용이 되었고
천천히 도덕 큰 나라와
세계의 지도국 서서히 되어 감을
코로나19 방역으로 밝혀주도다

코로나 바이러스 기승 중에도
사재기 난리 없고
코 입 가리개로 땀 흘리며
질서 화합 이끌어 낸 헌신
가히 으뜸국의 진면목이라

그 옛날 귀신 씨 나락 까먹던 소리가
예언이 잠재된 민족의 역량
예감하신 능력자 혜안이
오늘에 맞아 빛을 발하도다.

달아달아 둥근 달아

하늘 높이 홀로 떠서
넌지시 내려다보는
달아 달아 둥근 달아

사랑의 얼굴 설레는 마음
콧노래 부르며 희망의 나라로
우울 할 땐 토닥토닥
달래 주는 둥근 달아

눈만 빼꼼 가린 얼굴
기인 집콕살이 어인 말이냐
사람사이 거리두기 외로워도
마음은 깊은 정으로 채우도록

코로나 없는 세상 되돌려서
집콕살이 지친 우리들의 활기찬 삶
도와다오 달아달아 둥근 달아.

꽃밭을 바라보며

오가며 활짝 피워 웃고 있는
단층 화단의 꽃나무들이
때때옷을 바꿔 입으며 오감을
불러 일으켜 주네

찰깍찰깍 찍어 공짜로 퍼 날라도
그냥 웃고만 있으니
다소곳한 분위기 영락없는 주인마님
주변에 향기만 그득하네

동무 삼아 말을 건네며
시들지 말고 오래 피었거라
도닥도닥 해보지만
언젠가 시들어버릴 마음이 아프다

그냥 있는 건 하나도 없는 이 세상
어리석은 인간의 탐욕이
치솟으니 이렇게 말도 안 되는 말을
너에게 하고 있구나.

할매 핵교
- tv를 보면서

백세시대 살아가는
고즈넉한 시골마을 배움의 전당
배움 채우려는 굳은 의지
더러는 유모차 비슷한
보조 자가용에 의지 한 채
핵교로 모이는 학생 할매들

추억어린 먼 시대로 돌아가
살아온 이야기 늘어놓으면
시가 되고 소설로 태어나네
훈장님 따라 우리 글자 익히고
손뼉 치며 목청 높여 노래 부른다
노여(老餘)에 찾아 온 지상낙원이라 이곳이

허리야 다리야 평생 부린 몸
성한 곳 하나 없이 곳곳이 아파도
배움의 열정이야 오롯이 솟는다
갈고 닦아서 책으로 한 권 모으면
tv에도 나갈 수 있으려나 늦게 찾아 온
할매 핵교 꿈을 안고 배우자 익히자
그 마을 할매들 야무진 꿈 펼쳐지리.

효의 마을
- 수원 행궁에서

사방팔방 문 들어서니
자식 된 도리 하늘을 덮는구나

올 때는 금색 신발
갈 때는 뒤주 속
효가 발화하여
후손 만대 양양하니
시간 공간 뛰어넘어
효중 으뜸이라

미니 궁전
옛 사람 숨소리 발자국 들려온다

젖을 먹여
진자리 마른자리 가려주신 은혜
풍성한 자리에서 큰 절 받으니
맺힌 멍이 풀어졌나

구름 따라 흐른 세월
박수소리 우렁우렁.

희망나무

열매 주렁주렁 빨 주 노 파 남 보
밝은 화음 살랑살랑 춤을 추네

황금 돼지저금통 절절한 염원
깊숙한 곳 바람이 영(靈)발 센 법당 안

귀한 아들딸 앞길 창창 복되게 해주시고
영민한 후손 점지 장수부귀 비나이다

염종소리 대북소리 구석구석 울려 퍼져
희망의 노래 축복염원 하늘 높이 비나이다

죽죽 뻗는 아름드리기둥 푸른 기상
사시사철 색동옷 희망 부푼 꿈나무여!

가발(假髮)

세상에 나올 때
함께한 동그라미 제치고
보란 듯 의기 양양
어디서 왔는지 한껏 으시댄다

주인행세 하려는 이 녀석
저를 사랑하면 더 예뻐진다고
으스대며 유혹하니 휑한 모습
감추느라 더러더러 애용한다

어느 시절 달러벌이 일등공신
숭숭 빠진 자국 감쪽같이 숨겨주는
무궁무진 인간의 아이디어
머리 모양 예뻐야 얼굴이 예뻐진다.

늙은 호박

달덩이 같은 누런 호박들이
소나무 밑 빠알간 황토밭 이랑에서
없어서는 아니 될 먹거리라고
울퉁불퉁 이리저리 모여앉아 와글와글

못생겼음 무슨 상관이람
요리조리 쓰임과 맛은 어디에 비하랴
생김새만으로 이러 쿵 저러 쿵 말은 싫다
각광받는 다이어트 최고의 호박죽

여인들의 영원한 친구 되어
영양최고 산후부기는 더욱 좋다
늙음 방지 갖은 나물 시래기 산나물과 더불어
괜찮아 우리 할매들이 좋아해 줄 거니까.

남 다른 인생 역정(歷程)에서 꽃피운 시

李姓敎

<시인, 문학박사, 성신여대 명예교수>

1. 그의 시 출발과 향수의 미학

삶에 있어서 환경이란 참으로 무서운 것이다. 사람이란 이 환경의 영향 하에 많이 달라진다. 이 환경은 문학작품에 있어서의 배경이 되는 것이다. 이러한 배경론에서 본다면 글 쓰는 사람들은 첫 출발이 고향생활을 그리는 것이다. 요사이 우리 평단에서 자주 논의되는 것이 한 작가에 있어 작품이 쓰여 진 <장소성>이다.

여기 논의되는 서옥란시인의 경우도 처음은 어김없이 고향(전북 김제)을 배경으로 한 글이 많다. 그의 생애를 보면 고향에서 쭉 살다가 결혼과 동시에 타지에 나가 지금까지 살고 있으면서도 고향을 못 잊어하고 있다. 그런 가운데서 고향이 늘 정신적 배경이 되어 추억이란 이름으로 아름다운 꽃을 피우게 한다.

잡귀들은 썩 물러가라 호통 치며
고깔 쓰고 장구 치면 깨갱깨갱 깽
동네방네 다니며 환하게 밝히던 세시풍속

집집마다 큰 상 차려 손님 맞던
섣달 그믐날의 정겨운 풍경
꼬맹이들의 재미났던 구경거리

까치 까치설날은 설렘으로 보내고
색동옷 갈아입고 차례지내고
어른님 찾아 절拜하는 날의 추억

세월 따라 세시 그림 아른아른
세뱃값은 변하여서 누런 신사임당 만
돈이 좋은 것이여 절은 복이고 세뱃돈이다.

－「그 옛날 설날 풍경」 전문

　설을 앞두고 동리 사람들 고깔 쓰고 깨갱깨갱 장구 치며 동네
방네 다니며, 잡귀들 썩 물러가라며 소리치던 행사를 눈앞에 떠
올리고 있다. 특별히 2연에서「집집마다 큰 상 차려 손님 맞던/
섣달 그믐날의 정겨운 풍경/ 꼬맹이들의 재미났던 구경거리」가
훤히 눈앞에 그려지고 있다.
　특별히 그의 추억의 글에서는 옛날 살던 고향의 가을 김제 만

경평야의 풍요로움도 늘 덧 붙여 노래했다. 그래서 그런지 그의 시에서는「가을」에 대한 계절시가 많았음도 주목할 일이었다.

제2시집『하늘에 그린 집』에서만 보더라도「가을 연가」「가을 비」「가을의 노래」「꽃보다 단풍」「팔월 추석날」「가을에 부쳐온 편지」등이 그것이다.

앞의「꽃보다 단풍」이란 제목의 시에서 볼 수 있는 것처럼 한참 푸름을 자랑하던 나무가 자연의 조화에 의하여 해지는 날 곱게 물들어 있음에 온 정신을 빼앗긴 것도 특이하다.「꽃보다 단풍」이란 시에서 제2연에「꽃은 떨어져 나뒹구는데/ 색색의 융단 깔아주며/ 책갈피 속 추억은 갈바람에 젖는다」는 우리들에게 큰 감동을 더해주고 있다.

즉 낙엽이 주는 그 허무를 넘어서서 정신적 아름다운 미감을 더해주는 것이 그의 탁월한 수법이기도하다. 그는 누구보다도 목표가 뚜렷했다. 한 세상 나서 뭔가 다르게 살고 싶었다. 그것이 정신적 아름다움을 가꾸는 예술이었다.

이러한 고향생각, 추억 속에 살다가 그가 본격적으로 글을 쓰기 시작한 것은 인생의 큰 단계 이순(耳順)에 접어들면서부터였다. 주워진 가정생활을 원만히 이룩하고 남은 시간 살아 온 생애를 돌아보는 처지에서 글을 쓰게 된 것이다.

그는 본격적인 수련은 지역 교육기관인 복지관에서였다. 여기서 문학창작(주로 시와 수필) 강의와 지도를 받으면서 작품을 쓰기 시작했다. 그리하여 문창반에서 내는 동호인 작품집『간이역』에 많은 작품을 발표했다.

이런 연수결과로 얻어진 작품으로 국내 유수한 문예지『청계문학』에서 추천을 받고 문단에 등단했다. 사실 시인의 문학작품이 알차고 견고한 이면엔 그가 일찍 이웃 예술 서예와 동양화를 연마한 영향도 있었다.

서옥란시인은 큰 용단으로 그 동안 썼던 작품을 한데 모아『먹을 갈며』라는 작품집을 내고 4년 후인 지금 제2시집『하늘에 그린 집』을 출간하려한다.

2. 뚜렷한 목표, 밝은 지혜

누구든지 주워진 인생을 알차게 살자면 무엇보다 그 방향인 인생관이 문제다. 어떻게 살 것인가? 얻고자 하는 것이 무엇인가를 밝히고 사는 것이 중요하다. 삶에 있어서 좋은 것을 얻는 과정에서는 고난이 따르기 마련이다. 알고 보면 그 고난은 이루고자하는 과정에 있어서 좋은 양약이다. 여기에서 필요한 것이 인내다. 이러한 철학을 체득한 사람은 목표달성까지 잘 참는다. 이러한 인생관이 형성됨에는 그에게 있어 신앙의 영향이 컸던 것이다.

그의 진술에 의하면 처음엔 소녀시절 동리예배당에 나가 신앙을 키우다가 결혼 후는 남편에 따라 원불교에 나간 것이 그의 신앙의 변천이었다.

이것이 그의 정신편력의 한 부분이다.

꼬불꼬불 삐뚤삐뚤 흐르는
낮은 곳 향하여를 가르쳐 주는 너
세상의 부드러움의 으뜸이라

무슨 말을 하고파서 소리만 남기고
저리도 바쁘게 가고 있는가
물새들이 사알짝 앉아 보는데
끄떡도 없이 그냥 흐르네

막히면 돌아가고 세상의 온갖 시비
나는 모르는 일…
즐거운 일 괴로운 일 모두 비켜라
호통 치며 어우러지는 너

언제 까지나 언제 까지나
그칠 줄 모르는 인내는
바위를 뚫고 하늘 닿는 용기는
목적지에 다다라서 함박웃음 웃고 있네

-「물의 화음」 전문

이 시에서 보더라도 그의 밝고 긍정적이고 창조적인 생활의
양상이 잘 드러 나있다. 첫 시에서는 물의 흐름 그 주변의 맑은
양상이 그대로 잘 표현되었다.
첫 연에서「꼬불꼬불 삐뚤삐뚤 흐르는/ 낮은 곳 향하여를 가

르쳐 주는 너/ 세상 부드러움의 으뜸이라」고 전제하고 난 다음, 셋째 연에서「막히면 돌아가고 세상의 온갖 시비/ 나는 모르는 일…/ 즐거운 일 괴로운 일 모두 비켜라/ 호통 치며 어우러지는 너」라고 물의 관용, 넓은 마음을 아주 운치 있게 시화하였다. 물의 화음을 통해 화자의 마음을 잘 드러내고 있다.

그의 수작「작은 미소」도 그의 생활을 밝게 표현한 시다. 「웃는 마음 작은 미소/ 하늘만큼 땅만큼이나 숨어있는 행복이네// 높은 산 푸른 하늘 마음향하는 곳 따라/ 그려지는 하얀 뭉게 그림」작은 미소 속에서 평화의 큰 세계가 깃들어져 있음을 노래했다.

이 시 끝 부분 5, 6연에도「작은 미소」의 위력을 잘 표현하고 있다.「비둘기 집 짓는 소리 밀쳐내도 밀어내도 다시/ 고운 인사만 되풀이 하니// 무수히 일어나는 이 마음 저 마음에/ 오늘도 작은 행복에 감사하네」라고 노래하고 있다. 또한 그의 시에서는 주로 가정생활의 밝음을 일깨우기 위한 중요한 멧세지 교훈의 시도 많다.

　　가정은 복의 터전 나라의 바탕
　　한 마음 한 목소리로 행복한 나의 가정

　　고마워요 함께해요 서로서로
　　안아가며 꿈을 키우는 즐거운 나의 집

　　미래를 한 아름 안고서 겸양과 솔선을

키우는 자랑스러운 나의 집

힘들어도 이해와 용서로 오래오래 함께하는
안락하고 평화로운 나의 집

이 가정 저 가정 손에 손잡고
희망차게 나아가는 아름다운 나의 집이여!

　　　　　　－「즐거운 나의 집」전문

　첫 연 첫 행에서「가정은 복의 터전 나라의 바탕」이라고 하면서 셋째 연「미래를 한 아름 안고서 겸양과 솔선을/ 키우는 자랑스러운 나의 집」이라고 겸허하게 노래했다. 그러면서 이 시에도 교훈적인 멧세지도 곁들여 있다. 넷째 연에「힘들어도 이해와 용서로 오래오래 함께하는/ 안락하고 평화로운 나의 집」이 그 것이다.

　사랑으로 가득 찬 꽃바구니 철철 넘치고
　너와 나는 뜨거운 가슴으로
　세상을 향하여 두 손을 불끈 쥐며
　온 몸으로 말하고 있다

　둥지 찾아 웃는 마음 너울너울 춤을 추고
　제 각각의 모양으로 두 날개를 하늘 높이 펼치며
　훨훨 날아가려 푸드득 거린다

온 몸에 풋내를 띠우고 까까머리 이야기를
찰깍찰깍 추억을 남기면서 더 높게 높게 날아다오
부모들의 오직 한 마음
고맙다 예쁘다 하늘만큼이나 땅만큼이나

싱그러워 더욱 풋풋한 정을 온 세상으로 향하여
눈빛으로 약속한 듯 서로서로 부등 껴안은
희망 속에는 빛나는 내일이 있다.

　　　　　－「행복한 한 때」전문

　이 시는 「- 손주 졸업식에서」라는 부제가 있다. 아이들의 졸업식 풍경이 눈으로 보듯 잘 그려져 있다. 1, 2연에서 「사랑으로 가득 찬 꽃바구니 철철 넘치고/ 너와 나는 뜨거운 가슴으로/ 세상을 향하여 두 손을 불끈 쥐며/ 온 몸으로 말하고 있다/ 둥지 찾아 웃는 마음 너울너울 춤을 추고/ 제 각각의 모양으로 두 날개를 하늘 높이 펼치며/ 훨훨 날아가려 푸드득 거린다」는 아이들 미래를 향한 행복한 모습을 잘 나타내고 있다.

3. 살아 온 날의 뒤돌아봄과 뉘우침

　어느 정도 인생의 연륜이 지나면 세상을 바라보는 것이 더 여유로워진다고 말한다. 그것은 오랜 인생생활 가운데 높은 산마

루에 올라섰다는 뜻이다.

눈물도 웃음도 함께하여
일그러진 가시밭길 헤쳐 나간
찬란한 별이 뜬 반짝이는 곳
아름다운 우리가정 사랑의 둥지

이웃 나라 어느 시인의 노래
고희古稀를 밀쳐내고
내로라 우뚝 선 아름드리나무엔
주렁주렁 열매 가득 풍성하여라

덧없이 가는 세월도 비껴간
넘치는 충만함은 나의 자랑
인생은 육십부터라나…
그리하여 팔순은 청춘이라고

삶이 아무리 힘들고 구겨져도
경이로운 우리네 인생길
헛헛한 공허함은 멀리 보내 버리고
팔팔한 웃음으로 높이높이 뛰어넘자
세상에 외쳐보네.

--「사랑의 둥지」전문

살아 온 날을 되돌아보고「눈물도 웃음도 함께하여/ 일그러진 가시밭길 헤쳐 나가/ 찬란한 별이 뜬 반짝이는 곳/ 아름다운 우리가정 사랑의 둥지」라고 전제하고 3연에「덧없이 가는 세월도 비껴간/ 넘치는 충만함은 나의 자랑」이라고 다시 한 번 도약할 것을 다짐했다. 그리하여 인생은 육십부터 이고 팔순은 청춘임을 과시하며, 건강하게 팔순을 맞는 남편을 축하하고 있다. 그의 긍정적인 인생관이 잘 반영된 시다

앞에서 본 그대로 이제 인생을 깊이 알 나이에 그 옛날 고향에서 신문을 보시며 세상 돌아감을 일깨워 주시던 아버지를 회상했다.

가신 그 때의 나이가 되니
더 그리워지는 우리 아버지
이제와 왜 더욱 뭉클할까

불편하셨던 몸과 마음이
서럽고 원망스러워 가슴을 치며
유월이 오면 더욱 요란해 지셨을

그 시절 악몽이 뒤엉켜서 일그러진 마음
생각만은 날마다 하늘을 날고 싶은데
되는 일은 하나도 없으셨으니

유일한 낙인 하모니카에 설움을 싣고
신문활자에 세상을 바라보며
일어나는 세상만사 가슴에 안고서

가르쳐주신 그 말씀

--「아버지의 말씀」일부

　화자는 지난날의 불효함을 느끼고 눈물을 흘렸던 것이다. 이 시 제2, 3에서「불편하셨던 몸과 마음이/ 서럽고 원망스러워 가슴을 치며/ 유월이 오면 더욱 요란해 지셨을/ 그 시절 악몽이 뒤엉켜서 일그러진 마음/ 생각만은 날마다 하늘을 나고 싶은데/ 되는 일은 하나도 없으셨으니」6.25후 전쟁터에서 상처받은 몸, 집에서만 지내는 아버지의 슬픈 모습을 그렸다. 그 때 들려주시던 엄한 말씀이 오늘 글을 쓰는데 도움이 되었음도 밝혔다. 여기에 뒤이어 어머니 생각도 했다.

　　가신 날은 있는데 오실 날 간 곳 없네
　　허공에 물어봐도 빈 메아리만 돌아오니
　　허망한 이 일을 어이 할까나

　　서러워라 어머니의 아련한 추억
　　카네이션 꽃이 내 마음 알아줄 가나
　　헤매는 빈 마음 홀로 한 숨 지었네

　　지니셨던 아름다운 향기는
　　훈훈한 덕담 속 여기저기 피어나
　　마주한 지인들 하나같이 침이 마르는데…

　　　　　　　　--「어머니 가신 날」일부

가신 어머니를 생각하고 쓴 시다. 2연에서「서러워라 어머니의 아련한 추억/ 카네이션 꽃이 내 마음 알아줄 가나/ 헤매는 빈 마음 홀로 한 숨지었네」와 4연에 효도 못한 뉘우침.「효도하려니 가신님은 좋다 궂다 대답 없고/ 더듬을 추억일랑은 꿈속에서 찾아볼까/ 아른아른 아른거리네」라고 표현했다. 누구나 부모사랑에 대해서는 지나가고 난 다음에 뉘우쳐 그 후회함이 더 크다.

4. 정신적 여유로움과 자연관조

흔히 고전문학에서 선비가 바쁜 관직에서 물러나 고향에 가서 살 때는 그 전 생활과 달리 정신이 여유로워 진다.

서옥란시인도 바쁜 생활에서 벗어나 어느 정도 여유를 갖고 살 때 자연 그 옛날 아름다운 그림을 그리게 했던 고향생각을 하게 되었다.

내 고향 아름드리 팽나무
그 자리 그대로 온갖 것 다 보고 들으며
엄마 품 같이 정도 주고 바람도 안겨준다

예배당 옆에서 누가누가 하늘에 닿나
기도소리 찬송소리 영험한 듯 흥얼흥얼
따라 부르는 신통방통

세월 따라 잊힌 팽나무
마음의 고향인
성지의 하늘땅에 가득 가득 넘쳐나네

한 생각 번쩍 숙세의 인연이어라
이리보고 저리보고 보고 또 보아도
낯설지 않는 팽나무여!

　　　--「팽나무 마을」마을 전문

　자연 가운데는 다른 자연보다 자기를 키워준 고향의 자연처럼
아름다운 곳은 없다. 그 팽나무! 어릴 때 꿈을 키워준 나무다.
　엄마 품같이 정도 주고 바람도 안겨주었다는 그 고마움에 눈
물이 났다고 했다. 이 나무를 생각하니 마지막 연 표현대로 숙
세의 인연 이였음을 다시 깨닫게 되었다는 것이다. 서옥란시인
의 고향 농촌에서는 무수한 자연이 생명과도 같아서 늘 숨 쉬어
생활을 윤택케 해주었다.

붉은 치마 노랑 저고리 차려입고선
연지곤지 찍은 새 각시 미소 짓네
오고가는 만남에
손을 흔들며 내 고장 지킴이라
은은한 울림

영험한 신통력 내려오는 이야기

도포자락 휘날리며 하늘을 향하여
하늘 신(神) 땅 신 나무 신
물의 신이라고 말없이 서서
세상만사 걸러낸다

오만가지 보듬는 가지가지의 수호신
오랜 전통 너와 나의 원초적인 신앙
기(氣)를 듬뿍 불어넣어
오래오래 아끼고 지키며 보존 하네.

--「서낭당 고갯길」전문

「서낭당 고갯길」은 제목에서만 보아도 이 시의 민속적인 풍토
를 잘 알 수 있다. 첫 연에서「붉은 치마 노랑 저고리 차려 입고
서/ 연지곤지 찍은 새 각시」2연에서「영험한 신통력 내려오는
이야기/ 도포자락 휘날리며 하늘을 향하여/ 하늘 신(神) 땅 신 나
무 신/ 물의 신이라고 말없이 서서/ 세상만사 걸러낸다」고 신통
력을 보여주고 있다.

이 자연이 주는 모습은 비단 고향뿐만 아니라 그 생활조건상
어디든 볼 수 있다. 특히 계절의 순리에 따라 오는 자연의 모습
은 지역을 훨씬 뛰어 넘어서 풍성하고 아름답다.

조용히 내리는 하늘의 꽃이
허허함 달래줄까 이 맘 설레네
하늘하늘 들리는 애틋한 그리움

너를 바라보며 기다려진다

지는 단풍 서글픈 눈망울
미련안고 보고 또 보고
나목은 외로움에 떨고 있는데
예쁜 꽃송이 살짝 안겨주네

노을 빛 색동 옷 입혀주니
하얀 눈 두루 입힌 궁전 속에서
드레스 입은 공주 춤을 추는데
하하하 한바탕 꿈 이었구나

송이송이 춤을 추며
앞산 뒷산 너와 나 감싸 안으니
여기저기서 하이얀 춤을 춘다
온 세상 덩달아 미소 짓네.

--「첫 눈 오는 날」 전문

오가며 활짝 피워 웃고 있는
단층 화단의 꽃나무들이
때때옷을 바꿔 입으며 오감을
불러 일으켜 주네

찰깍찰깍 찍어 공짜로 퍼 날라도
그냥 웃고만 있으니

다소곳한 분위기 영락없이 주인마님
주변에 향기만 그득하네

　　　　--「꽃밭을 바라보며」 일부

　첫 번째 시 첫 눈 오는 날의 감격을 아주 재치 있게 잘 표현하였다. 첫 연에서 보는「조용히 내리는 하늘의 꽃」둘째 연에서 보는「지는 단풍」과 비교하여「나목은 외로움에 떨고 있는데/ 예쁜 꽃송이 살짝 안겨주네」의 정감과 세 째 연에서「노을 빛 색동 옷 입혀주니/ 하얀 눈 두루 입힌 궁전 속에서/ 드레스 입은 공주 춤을 추는데」기이한 착상이 한결 큰 감동을 주고 있다.
　두 번째 시「꽃밭을 바라보며」는 단순한 서경을 그린 것이 아니다. 여기에는 여러 꽃이 한데 피면서 조화를 이루고 있음을 표현했다. 그래서 2연에서「찰깍 찰깍 찍어 공짜로 퍼 날라도/ 그 냥 보고만 있으니」라고 했다.
　생활과 연결하여 밤하늘에 뜬 달도 노래했다.

　둥그런 보름달이
　창문에 와서 빵끗 웃네
　아름다운 이야기 들려주려
　계수나무 아래서
　방아 찧는 토끼와 손을 맞잡고

　추석이라 밝은 달은

어느 뉘의 소원 따라
저리도 맑고 고울까
오순도순 둘러앉아
희망의 꽃 만발하네

세상일 오만가지
환한 얼굴로 안아주니
온 누리에 활짝 피어난
아름다움이어라
나의 수호신이여!

　　　　　--「보름달」 전문

　보름달 특히 농촌에서는 음력 15일 날 밤에 뜨는 달을 보고 모두 다 행운을 빌었다. 1, 2연에서 보는 장면 「둥그런 보름달이/ 창문에 와서 빵끗 웃네/ 아름다운 이야기 들려주려/ 계수나무 아래서/ 방아 찧는 토끼와 손을 맞잡고// 추석이라 밝은 달은/ 어느 뉘의 소원 따라/ 저리도 맑고 고울까」가 깊은 감흥을 일으킨다.

　서옥란 시인은 자연과 인생의 깊은 의미를 알고 눈을 더 크게 떠서 낯선 곳 찾기를 좋아했다. 이것은 여행에서 크게 이루어졌다. 이러한 시를 일러 「기행시」라고도 일컫는다. 여기서 자세히 얘기할 수 없지만 그가 이번 시집에 담은 기행시는 상당히 많다. 「오대산 월정사」 「경포대 호수를 돌며」 「초평호수」 「메밀꽃 필 때(이효석문학관)」 「오대산 돌부처」 등이 그 대표

적인 작품이다. 또 외국여행에서 쓴 시도 여러 편 있다.

이 기행시는 여행에서 얻어진 시지만 거기에는 큰 의미도 있다. 우선 낯설고 새로운 세상에서 경이로움을 많이 발견할 수 있다. 거기에서 자연의 아름다움의 깊은 정신도 엿볼 수 있다.

기다리다가 기다리다 지친 아가씨가
그 얼굴까지 붉어 애처롭다
달래줄 그 임은 소식도 없는데

오늘도 길가에 서있어 오가는 사람들
눈 번쩍 빛나는 즐거움을 드릴까
행여 언제 오시려는지 눈물이 앞을 가려 짓무른 너

꽃가루 향내는 날아다니는 친구에게
삼단 같은 머리카락은 간 밤 내린 고운 비로
더욱 잘잘 흐르고 그 고운 자태는 빛이 난다

이국의 친구 그 마음을 알아주려는가
귀한 품위와 고고함 모두 다 풀어서
다독이며 어루만져준다.

　　　　--「하얀 동백」 전문

이 시는 지리적으로 우리나라와 가까운 일본 대마도(쓰시마)에서 쓴 시다. 1, 2연에서 그 사연이 자세히 드러나 있다.「기다리다가 기다리다 지친 아가씨/ 그 얼굴까지 붉어 애처롭다/ 달래줄 그 임은 소식도 없는데//오늘도 길가에 서 있어 오가는 사람들/ 눈 번쩍 빛나는 즐거움을 드릴까/ 행여 언제 오시려는지 눈물이 앞을 가려 짓무른 너」라고 그 사연의 배경을 깔고 있다.

외로운 섬에서 임을 만나지 못한 그 한이 안개처럼 깔려있다. 끝 연에「이국의 친구가 그 마음을 알아주려는가/ 귀한 품위와 고고함 모두 다 품어서/ 다독이며 어루만져준다」라고 설움을 달래고 있다. 이렇게 보면 그의 자연 시 가운데서도 기행시의 비중이 다시 큼을 인식케 해준다.

5. 알찬 시의 구조, 표현

모든 시는 우선 겉보기로도 알차게 짜여 있음을 보여주기도 한다. 요사이 일부 시인들한테서 볼 수 있는 복잡한 시, 소위 난해시라 하여 독자들 사이에 이러 쿵 저러 쿵 큰 관심을 사지 못한 것이 사실이다. 엄격한 의미에서 이런 시는 써서 무엇 하는가의 의구심마저 든다. 좋은 시는 우선 바르게 읽히고 좋은 의미를 주어서 감동을 주는 것이 그 첫 효용이다.

슬슬 봄 냄새 나는 즈음
겨울과 봄 획을 긋는
꽃샘바람에 옷깃을 여미네

찬바람 속 웅크렸던

나뭇가지가 시절의 섭리 따라
쫑끗쫑끗 연둣빛 망울을 만들고

납작 엎드린 채 고개 내민 여린 생명
길섶에서 애기 옷을 입고
온 세상에 생기를 불어 넣는다

양지 녘에 비추이는 햇살은
달콤하고 부드러운 말씨로
옹알옹알 희망을 속삭이고

흐르는 냇물은 소리 높여 졸졸졸
덧없이 불어오는 차가운 바람은
마지막 이별을 고한다

　　　　　--「꽃샘바람」 전문

　첫 연부터 쉽게 시작되었다. 「슬슬 봄 냄새 나는 즈음/ 겨울과
봄 획을 긋는/ 꽃샘바람에 옷깃을 여미네」 이 대목에서 억지로
꾸민 것이 어디 있는가? 있는 그대로의 모습은 지극히 자연스럽
기만 하다.
　3, 4 두 연에서도 그 맑은 현상이 그대로 나타나 있다. 「납작
엎드린 채 고개 내민 여린 생명/ 길섶에서 애기 옷을 입고/ 온
세상에 생기를 불어 넣는다// 양지 녘에 비추이는 햇살은/ 달콤
하고 부드러운 말씨로/ 옹알옹알 희망을 속삭이고」 이 같은 표

현은 압권이다. 꽃샘바람이 주는 현상이 잘 나타나 있다.

우선 이 시의 조직을 보면 참 단순하면서도 분명하다. 시 전체가 모두 5연으로 되어 있고 한 연은 공히 3행으로 되어있어 첫 보기에 깨끗하고 흐트러짐 없이 잘 짜여 있음을 볼 수 있다.

따라서 이런 짜임새에서 시인이 드러내고자하는 주제가 잘 드러나 있다. 또한 표현의 우수함도 많이 볼 수 있다.

꽃샘바람 이후에 벌어지는 생명의 약동이 곳곳에서 일어나는 현상이 밝기만 하다. 특별히 5연「양지 녘에 비추이는 햇살은/ 달콤하고 부드러운 말씨로/ 옹알옹알 희망을 속삭이고」는 살아 있는 말씨가 되어 더 큰 정감을 준다.

달덩이 같은 누런 호박들이
소나무 밑 빠알간 황토밭 이랑에서
없어서는 아니 될 먹거리라고
울퉁불퉁 이리저리 모여앉아 와글와글

못생겼음 무슨 상관이람
요리조리 쓰임과 맛은 어디에다 비교하랴
생김새만으로 이러 쿵 저러 쿵 말은 싫다
각광받는 다이어트 최고의 호박죽

여인들의 영원한 친구가 되고
영양최고 산후부기는 더 더욱 좋다
늙음 방지 갖은 나물 시래기 산나물과 더불어
괜찮아 우리 할매들이 좋아해 줄 거니까.

--「늙은 호박」전문

참 재미있는 시다. 남들이 잘 느껴보지 못한 소재를 붙잡아 아름답게 시화하고 있다. 이 호박의 생태를 여인의 생활에 비유하여 노래했다는 점이 재미있다.

첫 연에서 호박을 묘사하여 「달덩이 같은 누런 호박들이/ 소나무 밑 빠알간 황토 밭 이랑에서/ 없어서는 아니 될 먹거리라고/ 울퉁불퉁 이리저리 모여 앉아 와글와글」이라고 표현했다.

둘 째 연에서 실감 있게 여인과 호박을 비유하여 「못생겼음 무슨 상관이람/ 요리조리 쓰임과 맛은 어디에다 비교하랴/ 생김새만으로 이러 쿵 저러 쿵 말은 싫다/ 각광받는 다이어트 최고의 호박죽」이라고 한 점에서 시의 전환점이 이루어진다. 비록 못생긴 호박이지만 호박의 효과를 제일 끝에 가서 「여인들의 영원한 친구가 되고/ 영양 최고 산후부기는 더 더욱 좋다/ 늙음 방지 갖은 나물 시래기 산나물과 더불어/ 괜찮아 우리 할매들이 좋아해 줄 거니까」라고 넌지시 일깨웠다.

이상으로 그의 시를 두루 살핀 결과 수준 높은 시임을 다시 감지하게 되었다. 역시 좋은 시는 그 시인의 뚜렷한 시 정신과 알뜰한 노력에 의하여 이루어짐을 새삼 알았다. 그의 시는 그가 살아 온 인생 역정에서 다시 꽃이 피었다. 그래서 좋은 시의 바탕이 되어준 그의 생활을 다시 보게 되었다. 앞으로 그의 시는 더 큰 시의 세계를 향하여 발전할 것을 믿어 의심치 않는다.

하늘에 그린 집

초판인쇄 2020년 9월 5일 초판발행 2020년 9월 10일

지은이 서옥란
펴낸이 장현경 펴낸곳 엘리트출판사
등록일 2013년 2월 22일 제2013-10호

서울특별시 광진구 긴고랑로15길 11 (중곡동)
전화 010-5338-7925
E-mail : wedgus@hanmail.net

정가 10,000원

ISBN 979-11-87573-24-1 03810